LE FAVOLE DI LOPUTYN: LA SIRENETTA
Copyright © Loputyn, 2023
Todos os direitos reservados.

Tradução para a língua portuguesa
© Ana Vestergaard, 2025

Diretor Editorial
Christiano Menezes

Diretor de Novos Negócios
Chico de Assis

Diretor de Planejamento
Marcel Souto Maior

Diretor Comercial
Gilberto Capelo

Diretora de Estratégia Editorial
Raquel Moritz

Gerente de Marca
Arthur Moraes

Gerente Editorial
Marcia Heloisa

Editora
Nilsen Silva

Capa e Adap. de Miolo
Retina 78

Coordenador de Diagramação
Sergio Chaves

Designer Assistente
Ricardo Brito

Preparação e Revisão
Retina Conteúdo

Finalização
Roberto Geronimo

Marketing Estratégico
Ag. Mandíbula

Impressão e Acabamento
Braspor

DADOS INTERNACIONAIS DE CATALOGAÇÃO NA PUBLICAÇÃO (CIP)
Jéssica de Oliveira Molinari — CRB-8/9852

Andersen, Hans Christian
  A pequena sereia / Hans Christian Andersen; tradução de Ana
Vestergaard. — Rio de Janeiro : DarkSide Books, 2025.
  96 p.

  ISBN: 978-65-5598-476-7
  Título original: Den lille havfrue

  1. Ficção dinamarquesa 2. Contos de fadas
  I. Título II. Vestergaard, Ana

24-4307   CDD 848.9

Índice para catálogo sistemático:
1. Ficção dinamarquesa

[2025]
Todos os direitos desta edição reservados à
DarkSide® *Entretenimento* LTDA.
Rua General Roca, 935/504 — Tijuca
20521-071 — Rio de Janeiro — RJ — Brasil
www.darksidebooks.com

H. C. ANDERSEN

Loputyn
a Pequena Sereia

TRADUÇÃO
ANA VESTERGAARD

DARKSIDE

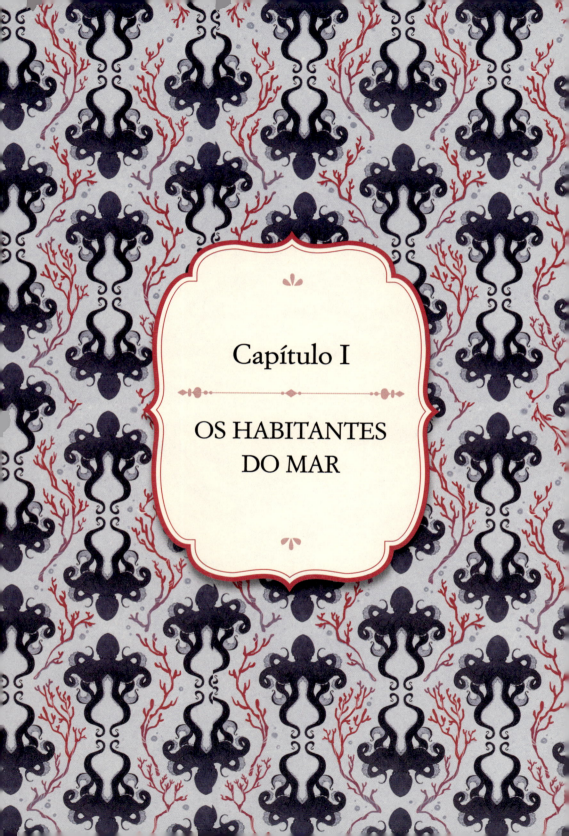

Capítulo I

OS HABITANTES DO MAR

Lá nas profundezas do mar, as águas são tão azuis quanto as pétalas da mais bela centáurea e tão transparentes quanto o mais puro vidro. De tão profundas, nenhuma âncora é capaz de alcançar o banco de areia, nem milhares de pináculos de igreja sobrepostos conseguem ir do fundo à superfície. É lá que vive o povo do mar.

Ora, não se deve de forma alguma acreditar que nas profundezas do mar exista apenas o fundo de areia branca; não, ali crescem as mais estupendas árvores e plantas, de caules e folhas tão flexíveis que, ao menor movimento da água, elas se movem como se estivessem vivas. Todos os peixes, dos maiores aos mais pequeninos, deslizam entre os galhos tal como, aqui em cima, os pássaros deslizam no ar. No lugar mais profundo, fica o castelo do rei do mar. As paredes são feitas de coral, e as janelas, longas e pontiagudas, do mais claro âmbar. O telhado é composto por conchas que abrem e fecham conforme a água passa. É uma visão encantadora. Em cada concha há pérolas magníficas; uma delas já seria um grande adorno na coroa de uma rainha.

OS HABITANTES DO MAR

O rei do mar era viúvo havia muitos anos, e sua velha mãe cuidava da casa. Ela era uma senhora sábia, orgulhosa de sua nobreza, por isso andava com doze ostras na cauda, ao passo que os outros nobres podiam usar apenas seis. Fora isso, merecia muitos elogios, principalmente por amar tanto as pequenas princesas do mar, suas netas. Eram seis crianças adoráveis,

mas a caçula era a mais bela de todas.

Sua pele era clara e brilhante como uma pétala de rosa; seus olhos, tão azuis quanto o mar mais profundo; mas, assim como as outras, ela não tinha pés, e seu corpo terminava em um rabo de peixe.

Elas brincavam durante todo o longo dia no castelo, nos vastos salões onde flores vivas brotavam das paredes. Quando os janelões de âmbar eram abertos, os peixes nadavam ali para dentro, como as andorinhas fazem quando afastamos as cortinas de nossas casas. Então eles iam até as princesas, comiam de suas mãos e se deixavam acariciar.

Do lado de fora do castelo, havia um grande jardim com árvores rubras e azul-escuras. As frutas brilhavam como ouro e as flores como chamas flamejantes, movimentando constantemente seus caules e pétalas. O solo era feito da areia mais fina, mas azul como enxofre. Tudo lá embaixo era encoberto por uma luz azul extraordinária. Era como estar no ar, vendo apenas o céu acima e abaixo de si. Quando as águas estavam calmas, enxergava-se o sol, uma flor púrpura de cujo cálice emanava toda a luz.

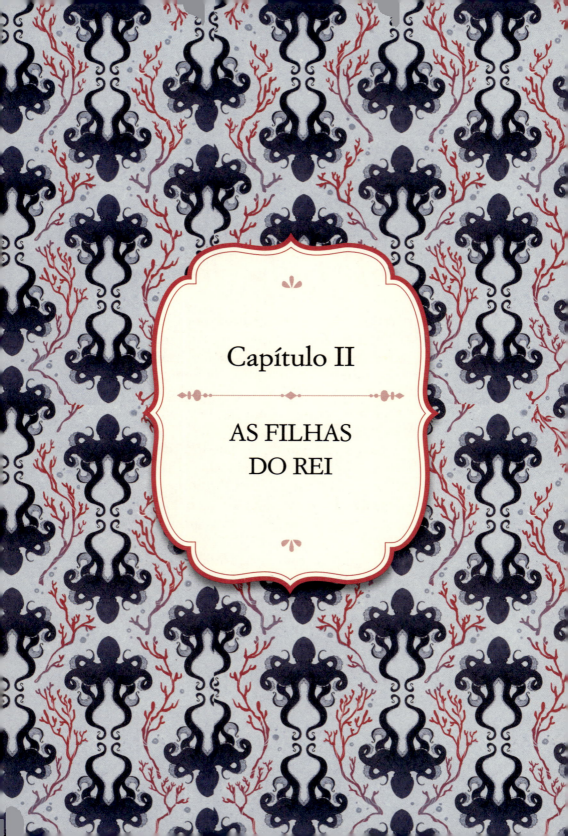

Capítulo II

AS FILHAS DO REI

ada jovem princesa tinha seu espacinho no jardim onde podia cavar e plantar o que desejasse; uma deu às suas flores o formato de uma baleia, outra preferiu que as dela lembrassem uma pequena sereia, mas a caçula fez sua plantação redonda como o sol e só plantou flores com o mesmo brilho vermelho dele. Era uma criança estranha, quieta e pensativa. Enquanto as outras irmãs haviam feito decorações com as coisas mais extraordinárias que encontraram em navios naufragados, ela só escolhera, além das flores vermelhas que lembravam o sol, um belo pilar de mármore, um menino adorável esculpido na pedra branca e clara e que, em um naufrágio, acabara no fundo do mar. Junto a esse pilar, ela só plantou um salgueiro-chorão vermelho, que cresceu magnificamente, os galhos frescos pendendo sobre o pilar em direção ao chão de areia azul, onde a sombra violeta se movimentava como os galhos, dando a impressão de que ramos e raízes brincavam de se beijar.

Não havia alegria maior para ela do que ouvir sobre o mundo dos homens lá em cima. A velha avó tinha que contar tudo que sabia sobre navios e cidades, seres humanos e animais. Ela achava maravilhoso que, na terra, as flores tivessem perfume, coisa que não tinham no fundo do mar, que as florestas fossem verdes e os peixes vistos nos galhos cantassem tão alto e bonito como se fosse por prazer. O que a avó chamava de peixes eram os passarinhos, pois, do contrário, elas não a compreenderiam, já que nunca tinham visto um pássaro.

"Quando vocês completarem 15 anos",

disse a avó, "terão permissão para emergir, sentar-se nas rochas sob a luz do luar e ver os grandes navios que passam. Verão florestas e cidades!" No ano seguinte, uma das irmãs completaria

15 anos. As demais tinham um ano de diferença entre si, de forma que a caçula ainda tinha seis anos inteiros pela frente antes de se atrever a emergir e ver como as coisas são aqui na terra. Mas uma prometeu à outra contar o que vira e achara mais belo no primeiro dia, pois a avó não lhes contara o suficiente e havia muita coisa de que precisavam saber.

Nenhuma ansiava por viver essa experiência tanto quanto a mais nova, justamente a que deveria esperar mais e que era tão quieta e pensativa. Ela passava noites e noites junto

CAPÍTULO II

à janela aberta, olhando para cima através da água azul-escura, onde os peixes batiam os rabos e as nadadeiras. Enxergava a lua e as estrelas, bastante pálidas, é verdade, mas através da água pareciam maiores do que como as vemos; quando uma nuvem escura deslizava sob elas, sabia que uma baleia nadava lá em cima ou um navio lotado de gente cruzava a superfície, com tripulantes que provavelmente nem imaginavam que havia uma pequena e adorável sereia lá embaixo, estendendo as mãos muito alvas em direção à quilha.

Então a princesa mais velha completou 15 anos e ousou emergir do mar.

AS FILHAS DO REI 17

Na volta, contou uma centena de coisas, mas o mais maravilhoso tinha sido se deitar ao luar em um banco de areia no mar calmo e ver, perto da costa, a grande cidade, onde as luzes piscavam como milhares de estrelas, ouvir a música e o barulho de pessoas e carruagens, ver as muitas torres de igreja e seus coruchéus, com seus sinos tocando. Justamente por não poder ir até lá, era tudo por que mais ansiava.

Ah, com que atenção a caçula a ouviu!

À noite, enquanto olhava através da água azul-escura junto à janela aberta, imaginou a grande cidade e todo o seu barulho, acreditando ouvir o som dos sinos das igrejas chegando até ela, lá embaixo.

No ano seguinte, a outra irmã teve permissão para subir e nadar para onde quisesse. Ela emergiu no exato momento em que o sol se punha, e aquela visão foi o que mais a encantou. Todo o céu parecia feito de ouro, e as nuvens... Era incapaz de descrever sua beleza! Elas flutuavam, vermelhas e violeta, mas, muito mais rápido, um bando de cisnes selvagens voou sobre a água em direção ao sol, feito um longo véu branco. Ela nadou até o sol, mas ele afundou, e o brilho rosado se apagou na superfície do mar, em meio às nuvens.

No ano seguinte, a terceira irmã subiu. Era a mais corajosa de todas, por isso nadou por um rio largo que desaguava no mar. Viu adoráveis montes verdejantes cobertos de videiras, vislumbrou castelos e fazendas entre florestas magníficas, ouviu todos os pássaros cantarem. O sol brilhava tão forte que ela precisou mergulhar repetidas vezes para refrescar o rosto em chamas. Em uma enseada, encontrou um grupo de crianças humanas; nuas, elas corriam e pulavam na água. Quis brincar com elas, mas elas

correram, assustadas, e então surgiu um animalzinho preto, um cachorro, mas ela nunca tinha visto um cachorro antes; ele latiu tão ferozmente que ela ficou com medo e mergulhou depressa, mas nunca se esqueceria das florestas magníficas, dos montes verdejantes e das crianças adoráveis que conseguiam nadar na água mesmo não tendo caudas de peixe.

A quarta irmã não era tão corajosa. Permaneceu no mar agitado e contou que aquilo foi o que vira de mais lindo. Era possível enxergar muitos quilômetros de distância ao redor, e o céu acima parecia uma grande campânula. Vira navios, mas, de longe, pareciam gaivotas,

CAPÍTULO II

os divertidos golfinhos deram cambalhotas, e as grandes baleias espirravam água pelas narinas, o que parecia uma centena de chafarizes espalhados.

Chegou a vez da quinta irmã. Seu aniversário era no inverno e, consequentemente, ela viu coisas que as outras não viram na primeira vez. O mar estava todo verde e, em volta, grandes icebergs flutuavam feito pérolas. Ainda assim, eram muito maiores do que as torres das igrejas construídas pelos homens. Tinham as formas mais extraordinárias e brilhavam como diamantes. Ela se sentara em um dos maiores, e os marinheiros passavam, assustados, ao redor de onde ela estava, com os longos cabelos voando ao vento. Mas, ao anoitecer, o céu se cobriu de nuvens, houve relâmpagos e trovões, enquanto o mar sombrio erguia os grandes blocos de gelo, fazendo com que luzissem com os raios vermelhos. As velas foram recolhidas nos navios, havia medo e horror, mas ela permaneceu sentada calmamente em seu iceberg flutuante, observando um raio azul cair em ziguezague sobre o mar resplandescente.

Quando subiram para a superfície pela primeira vez, as irmãs ficaram encantadas com tudo de novo e bonito que viram, mas, quando cresceram e puderam subir até lá quando quisessem,

não havia mais graça.

O desejo delas era ir embora, e, depois de um mês, diziam que lá embaixo, onde moravam, era o mais lindo e agradável dos lugares.

Durante muitas noites, as cinco irmãs davam os braços umas às outras e, juntas, emergiam da água. Tinham vozes encantadoras, mais belas que a de qualquer ser humano, e, quando se formava uma tempestade em que acreditavam que navios poderiam naufragar, elas nadavam à frente deles, cantando lindamente sobre como o fundo do mar era bonito e pedindo aos marinheiros que não tivessem medo de descer até lá. Mas eles não entendiam as palavras cantadas, achavam que era a tempestade que os chamava, e também não viam beleza alguma lá embaixo, pois, quando um navio naufragava, as pessoas se afogavam e chegavam mortas ao castelo do rei do mar.

Quando, ao anoitecer, as irmãs partiam de braços dados rumo à superfície, a caçula ficava sozinha, vendo as outras se afastarem. A tristeza era tão grande que tinha vontade de chorar, mas sereias não têm lágrimas, então o sofrimento era ainda mais intenso.

"Ah, se eu tivesse 15 anos!",

lamentava ela. "Eu sei que vou gostar do mundo lá em cima e das pessoas que vivem por lá!"

Finalmente, ela completou 15 anos.

Capítulo III

O NAVIO E A TEMPESTADE

"Agora você é adulta", disse a avó, a velha rainha viúva. "Venha, deixe-me enfeitar você como suas irmãs!" Então pôs uma coroa de lírios brancos sobre os cabelos dela. Cada pétala de flor era meia pérola. A velha deixou que oito grandes ostras se agarrassem ao rabo da princesa, para mostrar sua condição superior.

"Como dói!", queixou-se a pequena sereia.

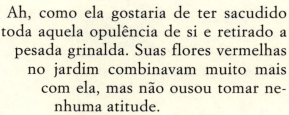

"Ficar bonita exige certo sofrimento!", disse a velha.

Ah, como ela gostaria de ter sacudido toda aquela opulência de si e retirado a pesada grinalda. Suas flores vermelhas no jardim combinavam muito mais com ela, mas não ousou tomar nenhuma atitude.

"Adeus", disse ela, subindo pela água tão leve e clara como uma bolha.

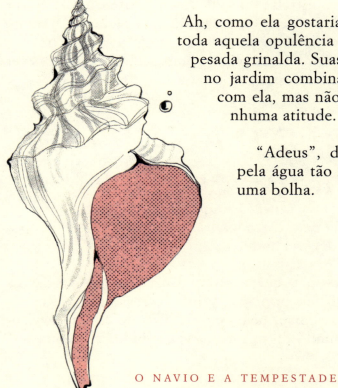

O NAVIO E A TEMPESTADE

O sol havia acabado de se pôr quando ela ergueu a cabeça sobre o mar, mas todas as nuvens ainda brilhavam como rosas e ouro. No ar vermelho pálido, a estrela da tarde brilhava lindamente, o ar estava ameno e fresco, e o mar, calmo. Ela viu um grande navio com três mastros. Uma única vela estava erguida, pois não havia vento, e os marujos estavam sentados entre as cordas, espalhados pelo convés. Havia música e canto, e à medida que a noite tornava tudo escuro, diversas lanternas de várias cores eram acesas, como se as bandeiras de todas as nações tremulassem no ar. A pequena sereia nadou até a janela da cabine, e cada vez que a água a erguia, conseguia ver através dos vidros transparentes várias pessoas enfeitadas, mas o mais bonito era o jovem príncipe de grandes olhos escuros. Ele não parecia ter muito mais do que 16 anos. Era o aniversário dele, e essa era a razão de todo aquele luxo. Os marujos dançavam no convés, e quando o jovem príncipe saiu para lá, mais de cem foguetes subiram pelo ar, brilhantes como o dia. A pequena sereia ficou muito assustada e mergulhou, mas logo ergueu a cabeça novamente, e foi como se todas as estrelas do céu caíssem sobre ela. Ela nunca tinha visto fogos de artifício. Grandes sóis rodopiavam, peixes de fogo magníficos movimentavam-se no ar e tudo se refletia no mar claro e silencioso. O navio estava tão iluminado que era possível ver cada detalhe, cada um que ali estava.

Ah, como o jovem príncipe era belo!

E ele apertava a mão de todos, rindo e sorrindo enquanto a música soava na adorável noite.

Ficou tarde, mas a pequena sereia não conseguia desviar os olhos do navio e do belo príncipe. As luzes coloridas se apagaram, os foguetes já não subiam pelo céu, os tiros de canhão haviam cessado, mas do fundo do mar vinham zumbidos e murmúrios,

enquanto ela, sentada sobre a água, balançava-se para conseguir olhar para dentro da cabine. No entanto, o navio acelerou, as velas se abriram seguidamente, as ondas se agitaram, furiosas, grandes nuvens se formaram, e um relâmpago brilhou ao longe. Ah, uma tempestade terrível estava a caminho! Por isso que os marujos haviam recolhido as velas. O grande navio balançava no mar selvagem. A água ergueu-se como grandes montanhas turvas prestes a tombar sobre o mastro, mas o navio mergulhou como um cisne entre as ondas altas, emergindo novamente das águas elevadas. Para a pequena sereia, aquilo parecia uma viagem divertida, mas não era assim para os marujos. O navio rangeu e estalou, as tábuas grossas arquearam-se com os fortes choques, o mar avançou contra o navio, o mastro partiu-se ao meio como um cano e o navio pendeu para o lado, enquanto era invadido pela água.

Então a pequena sereia compreendeu que eles estavam em perigo.

Ela teria que cuidar das vigas e dos pedaços do navio que flutuavam na água. Em determinado momento, tudo ficou tão escuro que ela não conseguiu enxergar coisa alguma. Mas então relampejou, e a claridade foi tão grande que ela reconheceu todos no navio. Cada um se mantinha como podia. Ela procurou o jovem príncipe e, quando o navio se partiu, viu-o afundando no mar. A princípio, ficou muito alegre, pois agora ele estava a caminho de sua morada, mas então se lembrou que os humanos não conseguiam viver na água, e que ele não poderia descer ao castelo de seu pai, a não ser que estivesse morto.

Não, ele não podia morrer!

Por isso ela nadou entre as vigas e pranchas que flutuavam no mar, esquecendo-se completamente de que poderia ser esmagada. Mergulhou fundo e voltou a subir entre as ondas. Finalmente alcançou o jovem príncipe, que quase já não conseguia nadar no mar tempestuoso. Seus braços e pernas começavam a perder as forças, os belos olhos se fechavam, e ele teria morrido se a pequena sereia não tivesse chegado. Ela segurou a cabeça dele sobre a água e deixou que as ondas os conduzissem para onde quisessem.

Pela manhã, o mau tempo havia passado. Não havia um único fragmento do navio à vista. O sol ergueu-se vermelho e brilhante, como se desse vida às bochechas do príncipe, mas seus olhos permaneciam fechados. A sereia beijou sua testa alta e bela e ajeitou seus cabelos molhados para trás. Achou que ele se parecia com o pilar de mármore que havia em seu pequeno jardim

e o beijou de novo, desejando que ele vivesse.

Então viu a terra firme à sua frente, altas montanhas azuis com a neve branca brilhando no topo como se fossem cisnes. Junto à costa havia lindas florestas verdejantes, com uma igreja ou um mosteiro na frente. Ela não sabia ao certo, mas era um edifício. Limoeiros e laranjeiras cresciam no jardim, e em frente ao portão havia palmeiras altas. Ali, o mar formava uma pequena enseada, tranquila, mas muito funda, que se estendia até a rocha para onde a areia fina e branca era levada pela água. Ela nadou até lá com o belo príncipe, deitou-o na areia e ergueu sua cabeça sob o sol quente.

Os sinos tocaram no grande edifício branco, e várias meninas saíram em direção ao jardim. A pequena sereia nadou para um lugar mais distante atrás de algumas pedras altas que se projetavam da água, cobriu os cabelos e os seios com espuma do mar para que ninguém visse seu rosto, e de lá observou quem viria para acudir o pobre príncipe.

Não demorou muito para que uma menina fosse até ele. Ela pareceu bastante assustada, mas apenas por um momento, então foi buscar outras pessoas. A sereia percebeu que o príncipe havia

despertado e sorria para todos que o cercavam, mas não sorria para ela, afinal, ele não sabia que ela o havia salvado. Nesse instante sentiu uma imensa tristeza, e, quando ele foi levado para dentro do grande edifício, ela mergulhou entristecida e nadou para o castelo do pai.

AS FILHAS DO REI

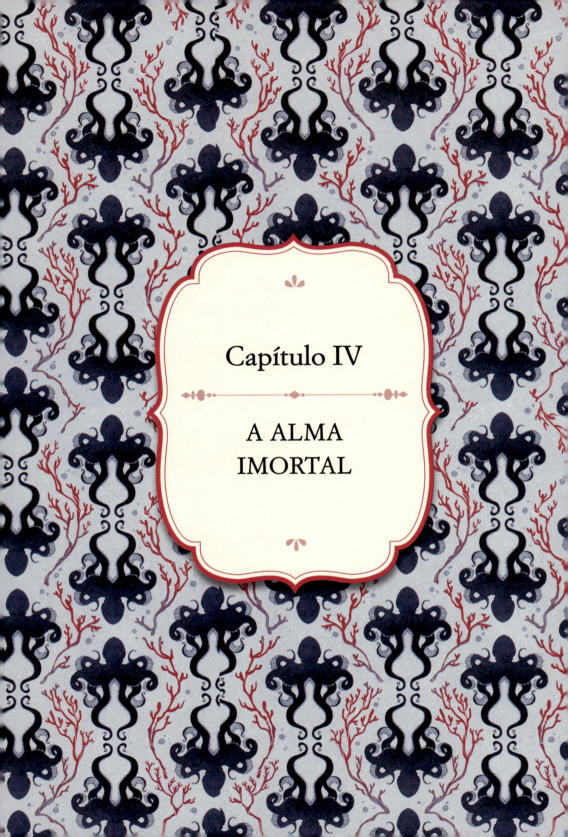

Capítulo IV

A ALMA IMORTAL

Depois disso, a sereiazinha, que sempre fora uma menina quieta e pensativa, tornou-se ainda mais acabrunhada. As irmãs lhe perguntaram o que tinha visto em sua primeira vez lá em cima, mas ela não disse nada.

Durante muitos dias e noites, ela subia até onde deixara o príncipe. Viu as frutas do jardim amadurecerem e serem colhidas, viu a neve derreter nas montanhas altas, mas não via o príncipe, por isso sempre voltava ainda mais triste para casa.

Ali estava seu único consolo,
sentar-se em seu pequeno jardim
e lançar os braços ao redor do belo
pilar de mármore que lembrava o príncipe. Mas já não cuidava mais das flores,
que cresceram como uma selva, dominando
os corredores e trançando seus longos caules
e folhas nos galhos das árvores, deixando tudo
muito escuro.

Por fim, não suportou mais e contou o que lhe havia
acontecido em terra para uma de suas irmãs. Todas as outras imediatamente souberam, mas ninguém mais além delas e
de algumas outras sereias, que mantiveram segredo.

Uma delas sabia quem era o príncipe,

também vira a festa no navio, sabia
de onde ele viera e onde ficava
seu reino.

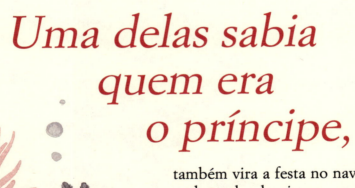

"Venha, irmãzinha!", disseram as outras princesas. E, com os braços em volta dos ombros umas das outras, emergiram do mar, em uma longa fileira em frente ao castelo do príncipe.

O castelo era feito de um tipo de rocha cintilante, amarelo-claro, e tinha grandes escadarias de mármore. Uma delas descia diretamente para o mar. Magníficas cúpulas douradas erguiam-se acima do telhado e, entre os pilares que circundavam todo

o edifício, havia estátuas de mármore que pareciam vivas. Pelo vidro transparente nas janelas altas, avistavam-se os mais esplendorosos salões, com finíssimas cortinas de seda e valiosíssimos tapetes, além de paredes adornadas com grandes quadros, tudo um verdadeiro deleite para os olhos. Ao centro do salão principal, um grande chafariz jorrava, elevando-se contra a cúpula de vidro acima, por onde o sol brilhava sobre a água e sobre as lindas plantas que enfeitavam a enorme bacia.

Agora que sabia onde o príncipe morava, ela nadava até lá em muitas noites e madrugadas. Mais ousada do que qualquer outra sereia, aproximava-se do estreito canal sob a magnífica sacada de mármore, que lançava uma longa sombra na água. Ali se sentava e observava o jovem príncipe, que acreditava estar ali, sozinho, à luz do luar.

Ela o viu muitas noites navegar ao som de música em seu esplêndido barco, onde as bandeiras tremulavam; espiava entre os juncos verdes, sentindo o vento em seu longo véu branco-prateado. Se alguém a visse, pensaria que era um cisne levantando as asas.

Por diversas vezes ouviu os pescadores que iluminavam o mar contarem tantas coisas boas sobre o jovem príncipe que ela ficava feliz por ter salvado a vida dele quando, quase morto, flutuara nas ondas. Pensou na firmeza com que a cabeça dele repousara em seu peito e na intensidade com que então o beijara. Ele desconhecia tudo isso, não podia sequer sonhar com ela.

A pequena sereia gostava cada vez mais dos humanos

e desejava cada vez mais poder estar entre eles. O mundo deles parecia muito maior do que o dela. Eles podiam voar sobre o mar em navios, escalar as altas montanhas acima das nuvens, e as terras que possuíam estendiam-se com florestas e campos para além do que ela conseguia enxergar. Havia muitas coisas que ela queria saber, mas as irmãs não eram capazes de responder a todas as suas dúvidas. Por isso, a pequena sereia perguntou à velha avó, que conhecia bem o que muito acertadamente chamava de "terras acima do mar".

"Quando os humanos não se afogam", perguntou a pequena sereia, "eles vivem para sempre e não morrem? Como nós, aqui no mar?"

"Não!", respondeu a velha. "Eles também morrem, e a vida deles é ainda mais curta do que a nossa. Podemos viver trezentos anos, mas quando não estamos mais

aqui, nós nos tornamos apenas espuma do mar. Não temos sequer uma sepultura aqui embaixo, entre nossos entes queridos. Não temos uma alma imortal, nunca mais tornamos a viver, somos como o junco verde que, uma vez cortado, não brota de novo! Os humanos, pelo contrário, possuem uma alma que vive para sempre, mesmo depois que o corpo vira pó, e ela sobe

A ALMA IMORTAL

no céu até as estrelas brilhantes! Assim como emergimos do mar e vemos a terra dos homens, eles sobem para lugares desconhecidos e maravilhosos que nunca veremos."

"Por que não temos uma alma imortal?",

indagou a pequena sereia com tristeza. "Eu daria todos os trezentos anos que tenho para viver e ser uma humana apenas por um dia, para fazer parte do mundo celestial!"

"Não pense assim!", ralhou a velha. "Nossa condição é muito mais feliz e melhor do que a dos humanos lá em cima!"

"Eu vou morrer e flutuar como espuma do mar, sem ouvir a música das ondas, sem ver as lindas flores e o sol vermelho! Não há nada que eu possa fazer para ganhar uma alma eterna?"

"Não!", respondeu a velha. "Somente quando um homem a amar tanto, a ponto de se tornar mais importante para ele do que seu pai e sua mãe; somente quando ele se apegar a você de toda a mente e coração, e permitir que o sacerdote pouse a mão direita dele sobre a sua com a promessa de lhe ser fiel aqui e por toda a eternidade, só então a alma dele fluiria para o seu corpo, e você também participaria da felicidade dos humanos. Ele lhe daria uma alma, sem com isso perder a dele. Mas isso nunca vai acontecer! O que é tido como maravilhoso aqui no mar, ou seja, sua cauda, eles acham repulsivo lá em cima na terra. Lá, é preciso ter dois apoios desajeitados, que eles chamam de 'pernas', para uma mulher ser considerada bonita!"

A pequena sereia suspirou e olhou com tristeza para seu rabo de peixe.

"Vamos nos alegrar", disse a velha. "Vamos aproveitar os trezentos anos que temos para viver. Na verdade é um bom tempo, pois se pode descansar com ainda mais prazer no túmulo.

Esta noite teremos baile na corte!"

Esse era também um luxo que não se via na terra. As paredes e o teto do grande salão de dança eram de vidro grosso, mas transparente. Centenas de conchas marinhas colossais, vermelhas como as rosas e verdes como a grama, enfileiravam-se de cada lado com um fogo azul flamejante que iluminava o salão inteiro e brilhava através das paredes, iluminando o mar lá fora; viam-se todos os inúmeros peixes, grandes e pequenos, que nadavam em direção à parede de vidro. Em alguns, as escamas brilhavam em tons purpúreos, em outros, pareciam douradas e prateadas. No meio do salão corria um amplo riacho, e nele tritões e sereias dançavam ao som de seu próprio e adorável canto. Nenhum ser humano na terra possuía tão belas vozes. Dentre todos, a pequena sereia era a que cantava mais lindamente. Ela foi muito aplaudida e, por um momento, sentiu o coração vibrar de alegria, ciente de que tinha a voz mais bela na terra e no mar! Mas logo voltou a pensar no mundo lá em cima; não conseguia esquecer o belo príncipe nem a dor por não possuir, como ele, uma alma imortal. Então saiu furtivamente do castelo do pai, e, enquanto tudo lá dentro era canto e alegria, sentou-se entristecida em seu pequeno jardim. Ouviu sons de trombetas descendo pela água e pensou: *Ele deve estar navegando lá em cima. Ele, a quem amo mais do que a meu pai e minha mãe, a quem meus pensamentos se apegam e em cujas mãos eu entregaria minha própria sorte. Vou arriscar tudo por ele e por uma alma imortal! Enquanto minhas irmãs dançam no castelo do meu pai, vou ter com a bruxa do mar, de quem sempre tive muito medo. Talvez ela possa me ajudar!*

CAPÍTULO IV

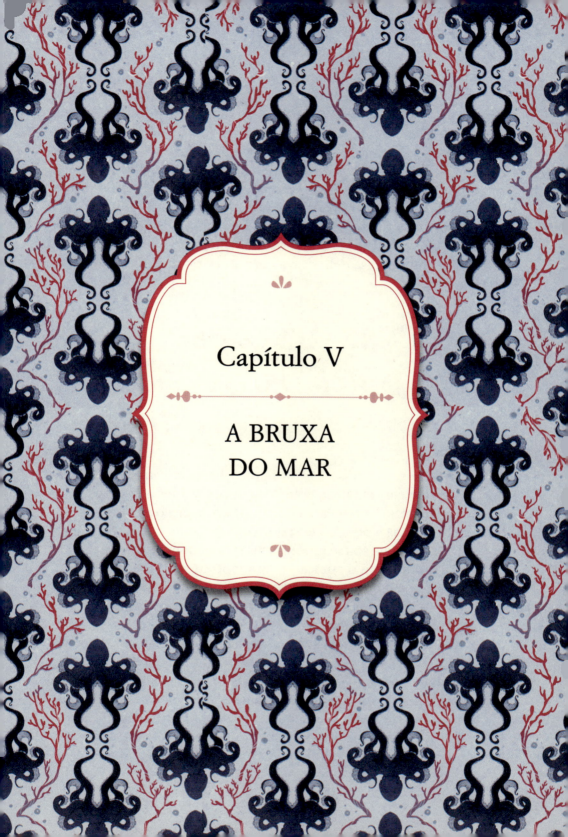
Capítulo V

A BRUXA DO MAR

A pequena sereia saiu de seu jardim rumo aos redemoinhos ruidosos atrás dos quais a bruxa vivia. Nunca percorrera aquele caminho. Ali não crescia nenhuma flor, nenhuma alga marinha, apenas a areia cinza nua se estendia em direção aos torvelinhos, onde a água, como um moinho ruidoso, girava e arrastava consigo para o fundo tudo que tocava. Ela teria que passar entre esses turbilhões esmagadores para chegar à morada da bruxa do mar, e boa parte do caminho seria sobre a lama quente e borbulhante que a bruxa chamava de seu pântano. A casa dela ficava logo atrás, no meio de uma estranha floresta.

Todas as árvores e arbustos eram pólipos,

metade animais, metade plantas, feito cobras de cem cabeças que brotavam do chão; os ramos eram braços compridos e viscosos, com dedos semelhantes a vermes ágeis que, de articulação em articulação, moviam-se da raiz à ponta. Tudo que conseguiam tocar no mar, agarravam e nunca mais soltavam. Assustada, a pequena sereia ficou ali, do lado de fora. Com o coração palpitando de medo, quase voltou, mas então pensou no príncipe e na alma humana e tomou coragem. Prendeu os cabelos longos e esvoaçantes para que os pólipos não os agarrassem, juntou as mãos no peito e voou entre as repulsivas criaturas, que estendiam braços e dedos ágeis para pegá-la. Viu como cada um deles agarrava algo, uma centena de pequenos tentáculos que prendiam como potentes algemas de ferro. Pessoas que haviam morrido no mar e afundado revelavam-se ali como ossos desnudos nos braços dos pólipos, que também seguravam firmemente lemes e baús, esqueletos de animais terrestres e uma pequena sereia que haviam capturado e estrangulado. Isso foi o que mais a assustou.

Chegou então a uma área grande e viscosa na floresta, onde opulentas cobras d'água moviam-se energicamente, mostrando o repugnante ventre amarelado. Ali no meio fora erguida uma casa com os ossos brancos de humanos que haviam naufragado, onde a bruxa do mar dava de comer da própria boca a um sapo, tal como os humanos dão açúcar aos canarinhos. Chamando os filhotes das asquerosas e gordas cobras d'água, deixava que se retorcessem sobre seus grandes e esponjosos seios.

"Eu sei o que você quer!", disse a bruxa do mar. "É uma tolice, mas, ainda assim, terá o que deseja,

pois será motivo de infortúnio,

minha adorável princesa. Você quer se livrar de seu rabo de peixe e trocá-lo por dois cotocos para andar como os humanos, a fim de que o jovem príncipe se apaixone e você consiga uma alma imortal!". Nesse momento, o riso da bruxa foi tão alto e terrível que o sapo e as cobras caíram no chão, retorcendo-se. "Chegou na hora certa", disse a bruxa. "Depois do nascer do sol amanhã, eu não poderia ajudá-la até que se passasse outro ano. Vou lhe preparar uma poção, você deve nadar com ela até a terra firme antes da aurora, sentar-se na costa e bebê-la, e então seu rabo será dividido ao meio para assumir a forma do que os humanos chamam de belas pernas. Mas devo adverti-la de que isso vai doer, como se uma espada afiada a atravessasse. Todos dirão que você é o ser humano mais lindo que já viram! Você manterá seu andar flutuante, nenhuma dançarina flutuará como você, mas cada passo que der será como pisar em uma faca afiada, derramando sangue. Deseja mesmo passar por todo esse sofrimento?"

"Sim!", disse a pequena sereia com voz trêmula, pensando no príncipe e em conseguir uma alma imortal.

"Mas lembre-se", advertiu a bruxa. "Quando se tornar humana, você nunca mais poderá voltar a ser sereia! Nunca mais poderá submergir para encontrar suas irmãs e ir até o castelo de seu pai, e caso não conquiste o amor do príncipe, de modo que ele se esqueça de pai e mãe, se apegue a você de todo o coração e permita que o sacerdote junte as mãos de vocês para que se tornem marido e mulher, não ganhará uma alma imortal! Na primeira manhã depois que ele tiver se casado com outra, seu coração se partirá e você se tornará espuma do mar."

"Eu aceito!", disse a pequena sereia, pálida como um cadáver.

"Mas você terá que me pagar!", continuou a bruxa. "E não é pouco o que exijo. Você tem a mais bela voz dentre todos aqui no fundo do mar. Certamente acredita que encantaria o belo príncipe com ela, mas terá de entregá-la a mim. Em troca da minha preciosa poção, quero o que você possui de melhor! Vou misturar meu próprio sangue nela para que fique afiada como uma espada de dois gumes!"

"Mas se você ficar com a minha voz", questionou a pequena sereia, "o que me restará?"

"Sua linda aparência", devolveu a bruxa. "Seu andar flutuante e seus olhos expressivos. Com eles conseguirá encantar um coração humano. Perdeu a coragem? Ponha sua pequena língua para fora para que eu a corte como pagamento, e então terá a poderosa poção!"

"Combinado!", disse a pequena sereia, e a bruxa pôs seu caldeirão no fogo para preparar a poção mágica. "A limpeza é uma coisa boa!", disse ela, esfregando o caldeirão com as cobras, que ela amarrara com um nó. Então arranhou o próprio peito e deixou seu sangue escuro pingar no caldeirão. O vapor formava figuras muito estranhas, que provocavam medo e aflição. A cada momento, a bruxa colocava mais coisas no caldeirão. A poção ferveu durante muito tempo, assumindo um aspecto fumegante. Finalmente ficou pronta e parecia a água mais límpida!

"Aí está!", exclamou a bruxa, e então cortou a língua da pequena sereia, que agora estava muda, sem poder mais cantar nem falar.

"Se os pólipos a agarrarem quando voltar pela minha floresta", falou a bruxa, "jogue uma única gota desta poção sobre eles, e seus braços e dedos se partirão em mil pedaços!". Mas isso não foi necessário, pois os pólipos recuaram horrorizados ao ver a poção, que brilhava na mão da pequena sereia como uma estrela cintilante. Assim, ela logo atravessou a floresta, o pântano e os turbilhões impetuosos.

Então viu o castelo do pai. As chamas no grande salão de dança haviam sido apagadas; todos deviam estar dormindo lá dentro, mas ela não se atreveu a procurá-los, agora que estava muda e se afastaria deles para sempre. Seu coração parecia se partir de tristeza. Ela se esgueirou para o jardim, pegou uma flor de cada irmã e jogou mil beijos em direção ao castelo, subindo pelo mar azul-escuro.

Capítulo VI

A TRANSFORMAÇÃO

O sol ainda não havia surgido quando ela avistou o castelo do príncipe e subiu a magnífica escadaria de mármore. O luar estava maravilhosamente claro. A pequena sereia tomou a poção forte e ardente, sentindo que uma espada de dois gumes lhe atravessava o belo corpo. Desmaiou e caiu como se estivesse morta. Quando o sol brilhou sobre as águas do mar, ela acordou e sentiu uma dor lancinante, mas bem à sua frente estava o jovem e adorável príncipe. Ele fixou os olhos escuros e intensos nela, que então baixou os seus e viu que

seu rabo de peixe havia desaparecido,

dando lugar às perninhas brancas mais bonitas que uma menina poderia ter. Como estava nua, abraçou-se em seus longos e volumosos cabelos. O príncipe perguntou quem ela era e como tinha ido parar ali, e ela só o olhou de um jeito delicado e triste com seus olhos azul-escuros, afinal, não podia falar. Então ele a pegou pela mão e a conduziu até o castelo. Como a bruxa havia dito, cada passo que ela dava era como se pisasse em sovelas pontiagudas e facas afiadas, mas ela suportava a dor com prazer. De mãos dadas com o príncipe, ela se ergueu tão levemente quanto uma bolha, e ele e todos os demais ficaram maravilhados com seu andar gracioso e flutuante.

58 CAPÍTULO VI

Ela se vestiu com roupas caras de seda e musselina. Era a mais linda de todas no castelo,

mas, muda,

não podia cantar nem falar. Adoráveis escravas, vestidas de seda e ouro, surgiram e cantaram belas músicas para o príncipe e seus pais. O príncipe aplaudia e sorria para a pequena sereia, que se entristeceu, pois costumava cantar muito melhor e de um jeito muito mais encantador! Ela pensou: *Ah, se ao menos ele soubesse que, para estar com ele, eu abri mão da minha voz por toda a eternidade!*

CAPÍTULO VI

As escravas começaram a dançar graciosas danças flutuantes ao som da música mais magnífica, e então a pequena sereia levantou os lindos braços alvos, ergueu-se na ponta dos pés e pairou sobre o chão, dançando como ninguém jamais dançara; a cada movimento, sua beleza se evidenciava ainda mais, e seus olhos falavam mais profundamente ao coração do que o canto das escravas.

Todos estavam encantados, sobretudo o príncipe, que a chamava de minha órfãzinha. Ela não parava de dançar, embora toda vez que seus pés tocavam o chão era como se pisasse em lâminas afiadas. O príncipe pediu para a pequena sereia ficar com ele para sempre, e ela recebeu permissão para dormir do lado de fora da porta dele, em uma almofada de veludo.

A TRANSFORMAÇÃO

Pediu também que ela costurasse um traje masculino para acompanhá-lo nos passeios a cavalo. Eles cavalgaram pelas florestas perfumadas, onde os galhos verdes batiam nos ombros dela e os passarinhos cantavam, escondidos nas folhas frescas. Ela escalou com o príncipe as altas montanhas, e, embora seus belos pés sangrassem, à vista dos demais ela ria e o acompanhava, até que as nuvens passaram abaixo deles como se fossem um bando de pássaros a caminho de terras estrangeiras.

À noite, no castelo do príncipe, enquanto todos dormiam, ela descia pela larga escadaria de mármore, e a água fria do mar resfriava seus pés em chamas. Nesses momentos, ela pensava em seu povo lá embaixo, nas profundezas.

Uma noite, suas irmãs vieram de braços dados, cantando tristemente enquanto nadavam sobre a superfície da água. Ela acenou para elas, e elas a reconheceram e contaram como ela entristecera a todos. A partir de então, passaram a visitá-la todas as noites. Certa madrugada, a pequena sereia avistou ao longe a velha avó, que havia muitos anos não subia à superfície, e o rei do mar, com sua coroa na cabeça. Eles lhe estenderam os braços, mas não se atreveram a se aproximar tanto da terra quanto as irmãs.

Dia após dia, a afeição do príncipe aumentava. Ele a estimava como se estima uma criança boazinha e querida, mas não lhe ocorria de forma alguma torná-la sua rainha. No entanto, ela precisava se tornar sua esposa ou não ganharia uma alma imortal, além de estar fadada a se transformar em espuma do mar na manhã do casamento dele.

"Não sou sua preferida dentre todas?",

os olhos da pequena sereia pareciam dizer, e ele a tomou nos braços e beijou sua bela testa.

"Sim, você é a que mais estimo", respondeu o príncipe, "pois, dentre todas, é a que possui o coração mais puro, é a mais dedicada e lembra uma jovem que vi uma vez, mas que provavelmente nunca mais verei. Eu estava em um navio que naufragou. Então as ondas me levaram para a praia, até um templo sagrado onde várias meninas serviam. A mais jovem me encontrou na costa e salvou a minha vida. Eu a vi apenas duas vezes; ela era a única que eu poderia amar neste mundo! Você se parece com ela, você quase toma o lugar dela na minha alma, mas ela pertence ao templo sagrado e por isso o destino me enviou você e nós nunca vamos nos separar!"

Ah, ele não sabe que fui eu que salvei a vida dele!, pensou a pequena sereia. *Eu o carreguei pelo mar até a floresta onde fica o templo, me escondi na água e fiquei observando se algum humano viria. Vi a bela menina que ele ama mais do que eu!* A sereia suspirou profundamente, pois não conseguia chorar. *Ele disse que a menina pertence ao templo sagrado e que nunca sairá para o mundo. Eles nunca mais se encontrarão, eu estou com ele, vejo-o todos os dias, quero cuidar dele, amá-lo, sacrificar minha vida por ele!*

Mas agora comentava-se que o príncipe se casaria

e receberia a encantadora filha do rei vizinho como esposa! Era por isso que estava preparando um navio tão magnificamente. Diziam que o príncipe viajaria para conhecer as terras do rei vizinho, mas, na verdade, ele viajaria para conhecer a filha deste, acompanhado por um grande cortejo. A pequena sereia ria e balançava a cabeça. Ela conhecia os pensamentos do príncipe muito melhor do que todos os outros.

Capítulo VII

A ADAGA ENFEITIÇADA

"Vou viajar!", ele lhe dissera. "Meus pais exigem que eu conheça a bela princesa, mas obrigar-me a trazê-la para casa como minha noiva, isso eles não vão! Eu não posso amá-la! Ela não se parece com a linda menina do templo como você. Se eu tivesse que escolher uma noiva, seria você, minha órfãzinha muda com os olhos mais expressivos que já vi na vida!" Ele beijou sua boca vermelha, brincou com seus longos cabelos e encostou a cabeça em seu coração, o que a fez sonhar com a felicidade humana e com uma alma imortal.

"Mas você não tem medo do mar, minha órfãzinha muda!",

disse ele quando pisaram no magnífico navio que o levaria às terras do rei vizinho. Então ele lhe contou sobre tempestades e calmarias, sobre peixes estranhos e tudo que se via ao mergulhar nas profundezas, e ela sorriu com o relato. Sabia melhor do que ninguém o que havia no fundo do mar.

Na noite enluarada, enquanto todos dormiam, exceto o timoneiro, que estava ao leme, ela se sentou na amurada do navio. Olhou para baixo e, através da água límpida, acreditou ver o castelo do pai e a velha avó com a coroa de prata na cabeça, fitando a superfície através das correntes que batiam contra a quilha do navio. Então suas irmãs surgiram e encararam tristemente a pequena sereia, torcendo as mãos muito brancas. Ela acenou para as irmãs, sorriu e desejou dizer que estava bem e feliz, mas o grumete se aproximou e as irmãs mergulharam, de forma que ele acreditou que os vultos brancos que havia visto eram a espuma do mar.

Na manhã seguinte, o navio aportou na esplendorosa cidade do rei vizinho. Todos os sinos das igrejas tocaram, e das torres altas soaram trombetas, enquanto os soldados empunhavam bandeiras tremulantes e baionetas reluzentes. Todos os dias havia uma festa. Bailes e festejos se sucediam, mas a princesa ainda não estava lá, pois dizia-se que fora criada em um templo sagrado longe dali, onde aprendera todas as virtudes da realeza. Até que um belo dia ela chegou.

Ansiosa, a pequena sereia aguardava para ver sua beleza. Teve de admitir que nunca vira figura mais graciosa. A pele era muito bela e brilhante, e por trás dos longos cílios sorria um par de olhos sinceros e azul-escuros!

"É você!", disse o príncipe. "Você que me salvou quando eu estava estendido como um cadáver na praia!", prosseguiu ele, apertando a noiva ruborizada nos braços. "Ah, como estou feliz!", disse ele para a pequena sereia. "Nunca ousei imaginar que isso se tornaria realidade. Tenho certeza de que você também vai se alegrar com a minha felicidade, pois dentre todos é quem mais me estima!" A pequena sereia beijou a mão dele,

sentindo o coração se partir.

A manhã do casamento causaria sua morte e a transformaria em espuma do mar.

Todos os sinos tocaram. Os arautos cavalgaram pelas ruas, proclamando o noivado. Em todos os altares, queimava-se óleo aromático em caríssimas lâmpadas de prata. Enquanto os sacerdotes balançavam incensários, os noivos deram-se as mãos e receberam as bênçãos do bispo. Vestida em seda e ouro, a pequena sereia segurava a cauda da noiva, mas seus ouvidos não escutavam a

A ADAGA ENFEITIÇADA

música festiva, seus olhos não viam a cerimônia sagrada. Seu pensamento estava na noite em que morreria, em tudo que havia perdido neste mundo.

Naquela mesma noite, os noivos embarcaram no navio, ao som de tiros de canhão. Todas as bandeiras tremulavam, e, no meio da embarcação, fora erguida uma dispendiosa tenda de ouro e púrpura, com as mais belas almofadas para os noivos dormirem na noite fria e tranquila.

As velas expandiram-se ao vento, e o navio deslizou suavemente pelo mar límpido.

Ao escurecer, lâmpadas de diversas cores foram acesas, e os marujos dançaram alegremente no convés. A pequena sereia não pôde evitar a lembrança da primeira vez que emergira do mar e vira o mesmo esplendor e alegria. Ela girava com a dança, pairando como uma andorinha sendo caçada, e todos a aplaudiam, extasiados. Ela nunca dançara tão magnificamente; os lindos pés lancinavam como facas afiadas, mas agora, a dor que a afligia era no coração. Sabia que era a última noite em que via aquele por quem abandonara seu lar e sua família, por quem renunciara à sua linda voz e por quem sofrera secreta e diariamente inúmeros desgostos. Era a última noite em que respirava o mesmo ar que ele, que via o mar profundo e o céu estrelado. Uma noite eterna, vazia e desprovida de sonhos esperava por ela, que não possuía uma alma, nem nunca poderia possuir. E tudo foi alegria e contentamento no navio até bem depois da meia-noite. Ela riu e dançou, tendo a morte como companheira em seu coração. O príncipe beijou sua linda noiva, que brincou com os cabelos escuros dele, e, de braços dados, os dois foram descansar na magnífica tenda.

Fez-se silêncio no navio. O timoneiro permaneceu ao leme, e a pequena sereia apoiou os braços alvos na amurada, olhando para o leste em busca da aurora,

sabendo que o primeiro raio de sol a mataria.

Então viu as irmãs surgindo do mar, pálidas como ela; seus longos e lindos cabelos não balançavam mais ao vento, pois haviam sido cortados.

"Nós os entregamos para a bruxa, para que ela nos ajudasse a salvar você da morte esta noite! Ela nos deu uma adaga, aqui está! Está vendo como é afiada? Antes que o sol nasça, você deve cravá-la no coração do príncipe, e, quando o sangue dele se derramar em seus pés, eles se transformarão em um rabo de peixe e você será sereia novamente. Então poderá voltar para o mar e viver trezentos anos antes de se tornar espuma salgada do mar. Depressa!

Ou ele ou você morrerá antes que o sol nasça!

Nossa velha avó lamentou muito ter seus cabelos brancos cortados, tal como os nossos, pela tesoura da bruxa. Mate o príncipe e volte! Apresse-se, está vendo aquela faixa vermelha no céu? Em alguns minutos o sol vai nascer e você morrerá!" Elas soltaram um longo suspiro e afundaram nas ondas.

Capítulo VIII

ESPUMA DO MAR

 pequena sereia afastou o tecido púrpura da tenda e viu a linda noiva dormindo com a cabeça apoiada no peito do príncipe. Ela se curvou, beijou a testa dele, olhou para o céu, onde a aurora clareava cada vez mais, fitou a adaga afiada e novamente fixou os olhos no príncipe, que, sonhando, chamava pela noiva. Só havia lugar para ela em seus pensamentos. A adaga tremeu na mão da sereia, mas então ela a atirou bem longe nas ondas, que brilharam, vermelhas, onde ela havia caído, como se gotas de sangue borbulhassem na água. A pequena sereia olhou mais uma vez com os olhos quebrantados para o príncipe,

saltou do navio e sentiu o corpo se dissolver em espuma.

Então o sol ergueu-se no horizonte. Os raios caíram, suaves e quentes, sobre o frio mortal da espuma na água. A pequena sereia não sentiu a morte. Viu somente o sol claro e uma centena de criaturas adoráveis e transparentes pairando acima dela. Através dessas criaturas, vislumbrou as velas brancas do navio e as nuvens vermelhas do céu. A voz delas era melódica, mas tão espectral que ouvidos humanos não podiam ouvi-la, assim como nenhum olho terreno podia vê-las; sem asas, elas flutuavam com a própria leveza no ar. A pequena sereia percebeu que possuía um corpo igual ao delas, que se elevava cada vez mais da espuma.

"Para quem estou indo?", perguntou ela, e sua voz soou como a das outras criaturas, tão espectral que nenhuma música terrena seria capaz de reproduzi-la.

"Para as filhas do ar!", responderam as outras. "As sereias não possuem alma imortal e nunca possuirão sem conquistar o amor de um humano! A existência eterna delas depende de um poder externo. As filhas do ar também não possuem alma eterna, mas, por meio de boas ações, elas mesmas podem conquistar uma alma eterna. Nós voamos para as terras quentes, onde o ar pestilento e sufocante mata as pessoas; então abanamos ar frio por lá. Espalhamos o perfume das flores pelo ar e enviamos cura e avivamento. Após nos esforçarmos para

ESPUMA DO MAR

fazer o bem durante trezentos anos, recebemos uma alma imortal e participamos da felicidade eterna dos homens. Você, pobre sereia, lutou com todo o coração pelo mesmo que nós. Sofreu e suportou, elevou-se para o mundo dos espíritos do ar, e agora pode, por meio de boas ações, conseguir uma alma imortal daqui a trezentos anos."

A pequena sereia ergueu os braços claros contra o sol de Deus,

e pela primeira vez sentiu lágrimas escorrerem dos olhos.

No navio, havia novamente vida e movimento. Ela viu o príncipe e sua linda noiva procurando por ela, olhando, melancólicos, para a espuma borbulhante, como se soubessem que ela havia se atirado no mar. Invisível, beijou a testa da noiva, sorriu para o príncipe e subiu com as outras filhas do ar para a nuvem vermelha que pairava acima.

"Daqui a trezentos anos, vamos flutuar assim para o reino de Deus!"

"Podemos chegar lá mais cedo!", sussurrou uma delas. "Nós flutuamos, invisíveis, para dentro da casa de famílias onde haja crianças, e para cada dia que encontramos uma criança boa, que faz seus pais felizes e merece o amor deles, Deus encurta nossa provação. A criança não sabe que estamos voando pela sala, e, quando sorrimos de alegria com o que vemos, um ano é retirado desses trezentos anos. Mas, ao contrário, se vemos uma criança má e desobediente, choramos lágrimas de tristeza e cada lágrima acrescenta mais um dia à nossa provação!"

CORAÇÃO PARTIDO

POR ANTONELLA MUROLO

Sentir-se deslocado, desconfortável no lugar e no corpo em que se está. Estar disposto a abdicar de qualquer coisa, até mesmo da mais importante de todas, para ir atrás de uma ideia, realizar um sonho, alcançar o que se acredita ser o refúgio da felicidade. É essa busca por diversidade, entendida não apenas como um traço físico, mas como um conceito espiritual e identitário, que leva a pequena sereia de Hans Christian Andersen a tomar decisões que a conduzem a um destino melancólico. Ela renega seu mundo, seus laços e suas características, fascinada por um desejo: o amor. E, por isso, aceita até mesmo perder o que tem de mais valioso, apenas para tentar ser aceita por quem ama.

Essa é uma história comovente, que ao longo dos anos recebeu inúmeras interpretações. Uma narrativa repleta de dor que reflete o estado de espírito de seu autor, que naquele momento estava consumido pelo desejo e arrasado pelo amor. Hans Christian Andersen nunca foi considerado um homem atraente. Pelo contrário, sua altura imponente, o corpo esguio e os traços angulosos muitas vezes o tornavam alvo de zombarias. Suas paixões excêntricas, sua maneira peculiar de lidar com as pessoas e seu desejo insaciável de escrever sobre temas nem sempre fáceis de compreender também não o ajudavam nos círculos refinados da época, após sua mudança para Copenhague sob a proteção de Jonas Collin, diretor do Teatro Real.

A fama só veio depois de uma vida árdua e complexa, em parte graças a obras como A Pequena Sereia. Sim, essa história que nada mais é do que uma carta de amor dolorosa, uma última homenagem à inadequação de um coração partido. "Se você olhasse no fundo da minha alma, entenderia completamente a origem do meu desejo e sentiria compaixão. Mesmo os lagos mais claros e abertos têm profundezas desconhecidas que nenhum mergulhador pode explorar. Lá no fundo vivem sereias que não ousam pronunciar seus nomes, tartarugas marinhas ancestrais, náufragos adormecidos e lanternas de leviatãs que habitam a escuridão. As belezas estranhas do 'eu' só podem ser descobertas por um mergulhador corajoso. Não devemos imaginar que no fundo do mar há apenas areia vazia. Ali crescem flores e plantas extraordinárias, cujas folhas e caules são tão flexíveis que se movem com a menor correnteza, como se estivessem vivas. Peixes grandes e pequenos deslizam entre os galhos, como pássaros voam entre as árvores em terra firme."

Nessa carta de 1835, já se percebe algumas das imagens mentais e sentimentos que moldariam a fábula, assim como o desejo não correspondido que Andersen sentia por Edvard Collin, filho de seu patrono. Ao longo dos anos, Andersen nunca fez distinção entre homens e mulheres em seus afetos, flertando intensamente com muitos, mas seus sentimentos por Edvard eram diferentes. Ele o considerava seu confidente mais próximo, compartilhando rascunhos de seus contos e nunca escondendo o que sentia: "Meus sentimentos por você são os de uma mulher. A feminilidade da minha natureza e nossa amizade devem permanecer um mistério". Mas o final feliz não fazia parte de sua história pessoal, pois Edvard jamais o viu de outra forma além de amigo: "Por que me chama de digno amigo? Não quero ser digno! É a palavra mais insípida que existe. Qualquer tolo pode ser digno! Meu sangue é mais quente que o seu e o de metade de Copenhague. Edvard, estou furioso com esse tempo horrível! Também desejo você, sacudi-lo, ver sua risada histérica e sair insultado, sem voltar à sua casa por dois dias inteiros". A notícia do casamento de Edvard com uma mulher foi um golpe devastador para Andersen.

Pouco depois, A Pequena Sereia foi apresentada ao mundo, um reflexo perfeito de sua condição íntima, da decepção, do desejo, da expectativa e da triste ironia que permeavam seus dias. E também da esperança, porque, apesar de tudo, não importa o quanto o mundo ao redor os visse como diferentes (o autor e sua criatura aquática), desde que fossem capazes de transformar sua dor em algo belo.

Talvez esse processo de crescimento, de aceitação e de transformação não seja imediato. Muitas vezes, nem é percebido enquanto se está imerso nele. Exige tempo e paciência, mas, no fim, sempre resulta em algo positivo, ainda que distante. Tal como a história de Hans Christian Andersen e sua pequena sereia, duas almas que, no fundo, só desejavam ser amadas.

HANS CHRISTIAN ANDERSEN foi um escritor dinamarquês que se tornou célebre pelos seus contos de fadas. Nascido em Odense, Dinamarca, em 1805, é lembrado até hoje por suas obras mais famosas como "A Rainha da Neve", "A Pequena Sereia", "Os Sapatinhos Vermelhos", "O Patinho Feio", "O Soldadinho de Chumbo", entre outros. Ao morrer, em 1875, deixou um legado artístico de mais de 150 histórias infantis, traduzidas para mais de uma centena de idiomas.

LOPUTYN é uma ilustradora e quadrinista italiana. Sua índole tímida e reservada a leva a encontrar no desenho uma oportunidade de se comunicar com os outros. Frequentou o liceu artístico em Brescia e a Academia de Belas Artes de Bergamo. Entre suas obras mais recentes estão o quadrinho Francis (DarkSide® Books, 2019) e Lendas Japonesas (DarkSide® Books, 2024).

ANA CUNHA VESTERGAARD é tradutora dos idiomas inglês e dinamarquês. Fisioterapeuta de formação, começou na área traduzindo textos médicos, mas já traduziu diversas séries, filmes e livros. Morou na Dinamarca alguns anos antes de retornar ao Rio de Janeiro, onde mora atualmente com o marido, também tradutor, e as filhas caninas Saga e Frida. Ama viajar, literalmente ou através de um bom filme ou leitura.

DARKSIDEBOOKS.COM